KB003104

■ 글벗시선 214 최교수's 한줄세상

가족 한 줄 계절 한 줄

돌담 최기창

도서출판 글벗

캘리디자인 윤주태

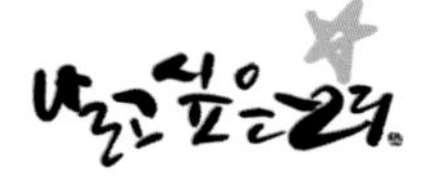

최교수's 한줄세상

돌담 최기창

『가족한줄 계절한줄』을 내며

최기창

충남 천안 출생, 강원 원주 거주
문학박사(특수교육학), 경영학박사
현, 상지대학교 재활상담학과 교수
저서 : 돌담한줄1,2, 인생한줄 웃음한줄,
사랑한줄 마음한줄

어머니 아버지
아내와 나
그리고 자식…
손잡고
함께
철따라
하루하루
세월을
보내리

차례

제1장 가족한줄

제2장 계절한줄

제1장 가족한줄

가족 맞이

퇴근길에
준비한

듣기 좋을
한마디…

'기쁘다 아빠 오셨다!'

생일

꽃이
피었습니다

바로 오늘

당신의 꽃이
피었습니다

감동

아내가

자식 대신
내 편을 들었네

제안

아내가-

밥하기 싫다!
빨래하기 싫다!

내가-

주방을 없애자!
세탁기를 버리자!

요리

요리를 한답시고
철없이 나섰다가
지청구만 들었네

일거리만 늘렸다!
설거지나 하라시네

바가지

아내의
잔소리가
없어졌다!

큰/일/났/다/

부부

밉다 하고 곱다 하며
하루씩 살았어

10년이 가고
30년이 갔어

밉다 하고 곱다 하며
하루씩 살고 있어

구석

집구석에
숨어있는

이쁜 구석
좋은 구석

고마운 구석

핸드폰

아내의
핸드폰은

속 터지는
발/신/전/용/

고향집

여덟 자짜리 한 칸 방에
솜이불 한 장
바닥에 깔고

4남 1녀 새끼들이
다리를 묻은 채
이리 끌고 저리 끌며
줄다리기하던 집

그 집으로 돌아왔다
지 새끼들 각자 달고…

농사

상추를
심어서

고라니를
기르네

출근

저녁이면
들어갈 집

탈출하듯
나왔네

집착

새집까지
싣고 와

풀기도 전에
버렸네

가족 행복

선을 보는
마음으로

잘 보려
하는 대신

잘 보이려
하신다면

가족이
행복합니다

가족

짐의
원천

힘의
원천

자식

젖먹이 땐
엄마만 빨더니

밥먹이가
되고 나선

애비까지
빠는구나!

불만

자식에 비하면

난-
아무것도 아닌데

아내는 나보고

자기만 부린다고
푸념이시네

저녁

오늘
저녁

삼겹살을
먹는단다

자식이
오려나 보다

자식

너는
모든 게
용서가 되는구나!

예쁜 짓
하나만으로…

교육

아내의
잔소리는

바가지가
아닙니다

수준 높은
생활교육입니다

어른

듣기 싫은
말도

들어야
하고

하기 싫은
말도

하여야
하고…

베팅

자신에게
걸자

자식에게
걸지 말고…

아내와 자식

곁에 있던
자식은

점점 더 멀어지고

가까이 있던
아내는

자꾸만 밀어내고

평화

남편의 말은

가끔-
맞습니다

아내의 말은

항상-
맞습니다

가장 행복한 곳

품

먹거리

싸게 먹는 방법은
사 먹는 것이고

비싸게 먹는 방법은
얻어먹는 것이며

값지게 먹는 방법은
길러 먹는 것이지요

새끼

젖먹이로 어려서도
밥 먹이로 자라서도
술 먹이로 다 컸어도

너는
내 새끼…

가족살이

사랑에
넘어가

부부가
되고

재롱에
녹아서

부모가
되고…

빈 둥지

이루려
떠난 자리

이루고
떠난 자리

분류

중요한 일은
가정에 많고

사소한 일은
직장에 많습니다

아버지

어머니가
품이라면

아버지는
곁이던가…

선물

하늘이
준

소중한
선물-

엄마…

울 엄마

엄마가
울고 있네

나보곤
울지 말라 하면서

엄마는
울고 있네

부부싸움

부부싸움 하시면
언제나 나는 엄마 편…

엄마가
'안 살아!' 하시면

나는 얼른
엄마 턱 밑으로 가서

'나도 데려가 응?'

질

세상에
'질' 자 든 거 치고
쉬운 일은 없단다

그 중 제일은
'숟가락질' 이란다

부모와 자식

자식이
아프면

가슴이
저리고

부모가
아프면

지갑이
저리고…

예쁜 짓

내가 먼저 엄마에게-

난 엄마가
제일 좋아!

엄마도 내게-

나도 니가
제일 좋아!

노모

네게 물린
내 젖값

쬐끔만
돌려다구

권태기

부부간엔
권태기가 있지만

부모와 자식 간엔
권태기가 없다네

가끔
웬수는 있지만…

놈

못난
놈

모난
놈

고향

가로수가
호두나무인

내 고향
광덕에는

울 엄마가
있다

호두주름 울엄마

사과나무

가쟁이가
찢어져라

지 새끼들
달았구나!

울엄마처럼…

나이

엄마 없이
살 수 있는

그럴 나이가
있을까?

눈맞춤

어려선-

엄마가
자식과 눈 맞춤

자라선-

자식이
엄마와 눈 맞춤

회갑

아버지 회갑 때
만국기가 걸렸었지요

그래서 저도
제 환갑에 그걸 걸었습니다

제 생일날 엄마는
무지개떡을 해주셨지요

이번엔 제가
95세 생신에 그걸 해드렸습니다

하룻밤

고향에
홀로 계신

엄마와의 하룻밤

세월의
시계가

뒤로 가고
뒤로 가네

씨

꽃씨를 뿌려요

예쁜 꽃
피어나게…

마음씨를 심어요

고운 마음
떠오르게…

밭

호미 들고
밭을 일궜더니

돈 대신
돌이 나오네

심심찮네

혼인식

딸 바보, 아들 바보

이제–
끝!

아내 바보, 남편 바보

다시–
시작!

성묘

자주
오너라!

죽어서
오진 말고…

판별

사랑스러우면

잘—
키우는 중…

자랑스러우면

다—
키우신 중…

노모 마음

이제
그만 따라 와…

어쩌자고
늙는 거까지
이 에미를 쫓아오는 겨

너는 제발
늙지도 말고 아프지도 말어

늙음

술잔은
줄고

잔병은
늘며

모발은
줄고

수다는
늘지…

인생을

과거에 걸면
서글퍼지고

미래에 걸면
조급해지고

지금에 걸면
진지해지지요

죽기 살기

죽기는
무섭다

살기는
두렵고…

걷기

나무에겐
거름을…

사람에겐
걸음을…

제2장 계절한줄

고개들어
탁주한잔
손내밀어
별빛안주

봄맞이

봄날이
온다

볼날이
가깝다

봄비 소리

겨울이
녹는 소리

몸을
푸는 소리

봄바람

봄바람에
화들짝

꽃/눈/
깨웠네

바람

틀어막네
찬바람

열어 맞네
봄바람

봄 아침

아침을
걷습니다

봄을
먹습니다

경칩

개구리의
사랑 노래

꾸르릉~
꼬로롱~

입이 열리네
봄이 열리네

춘산

겨우내
열렸던

산의 문이
닫히네

산속 비밀
시작되네

농부

철든 농부

철없이
일하고

게으른 농부

철따라
일하네

산

봄날엔 꽃들에게
여름엔 나무에게

가을엔 단풍에게
겨울엔 흰눈에게

내어주고 내어줘도
그저 그냥 웃는구나!

들러리

벚꽃에
묻혀

사진을
찍었네

들러리
섰네

꽃에게

너는
네가 이쁜걸

알기나 하고
이쁜 거니?

봄 느낌

한들한들
바람결에

봄이 들려요

나긋나긋
꽃눈으로

봄이 보여요

봄타기

나비는
꽃을 타고

소녀는
바람을 타고…

봄비

봄비 소리 들려오네
봄비에 녹는 소리

밤비 소리 들려오네
밤비에 녹는 소리

봄비 얼굴 그려 보네
밤비 얼굴 그려 보네

봄나들이

이 봄이
참인지

산도 보고
들도 보고

물에 손도
담가 보네

할미꽃

누군…

늙고
싶어

늙은 줄
아느냐?

오월

풀도 하늘로
나무도 하늘로

꽃도 하늘로
사람도 하늘로…

오월은
양보가 없다!

목련

그렇구나!

나무에서
피는

연꽃!

나비

꽃바다에
누워

사랑을
헤엄치다!

봄 느낌

봄빛을 섞어
바람이 분다

참
대수롭다

봄 길

봄 길…

발걸음이
돋는 계절

꽃님에게

참
오만하시군요

나비

고운 향기 머금은
봄 바구니 속으로

꽃바람이
불어오네

날아서 온 듯
날려서 온 듯

봄꽃 나비 한 마리
수줍게 내려앉네

봄비

창밖으로
손 내밀어

봄비를
맞아 보네

나무가 되네

민들레

지천에
널렸어도

예쁘지 않았던 적-
있었던가!

봄바람

꽃잎이
날고 있네

바/람/났/네/

들꽃

들꽃에
묻혔네

취/했/네/

하늘 바다

하늘을
닮은 바다

바다를
닮은 하늘

과수원

해를 닮은
복사꽃

달을 닮은
배꽃

꽃 이별

꽃잎이
날립니다

소리 없이
떠납니다

꽃상여 탄 듯…

가는 봄

봄이
덮이네

꽃으로
가리더니

잎으로
숨기네

철쭉

철을
쭈-욱- 갈라서

철쭉!

피기 전엔
봄날

지고 나면
여름…

여름

저 하늘이
내게

뜨겁자고
하네요

밤/낮/으/로/

장미

태양에
맞짱 뜬

뜨거운
장미

태양

여름엔
키우고

가을엔
말린다네

천둥

하늘의
풍장소리

급이
다르구나!

안개

하루살이
아침 안개

뜨겁게
벗는구나!

소나기

주황색
함석지붕

요란한
난타 소리

귀로 보는
빗줄기…

잡초

텃밭에는
잡초가…

내 마음엔
잡념이…

청춘에게

들꽃도
차례가 있더라

이번엔
네 차례다

성하(盛夏)

안개 낀
여름 산

그 속이
궁금하다

나팔꽃

나발 부는
계절

나불대는
세상

계곡

돌을
씻었는데도

물은 맑고

물을
걸렀는데도

돌은 깨끗하구나!

비와 눈

씻을 게 많아지면
비가 내리고

덮을 게 많아지면
눈이 내리지

씻어 가며
덮어 가며
그렇게 사는 거지

가을

창문을
열었다

내 가을이
들어왔다

가을 산

청옥 치마
내리며

벌겋게
부끄럽네

보름달

별을
죽였네

코스모스 길

차창 밖
코스모스

온몸으로
반기네

스쳐 가는
내게 마저…

별꽃밭

오늘 밤
내 하늘은

별/꽃/밭/

가을밤

고개
들어

탁주 한잔

손
내밀어

별빛 안주

별밤

별꽃
가득

별별
이야기

갈대

홀로 선
갈대에겐

가을이
없다

천지

들에는
꽃천지

하늘엔
별천지

가을 노래

나무는
잎으로

나는
입으로

세월

봄바람
불었더니

갈바람
불어가네

가을밤에

풀벌레
우는구나!

개구리
울었더니…

빛

여름은
햇빛으로

가을은
달빛으로

가을 하늘

꽉 찬
하/늘/그/림/

당신의
보약입니다!

단풍에게

꼭
붙어 있어라!

떨어지면
낙엽이다!

낙엽에게

평생-

나무만 위해
살았다

말하지
마세요

달마중

가을 마중
나섰다가

달마중을
하였네

계방산

산/산/산
산이로다

산 너머
산이로다

산과 사람

산이
벗으니

사람이 입고

산이
입으니

사람이 벗는구나!

낙엽에게

너는
한평생

잘 견디고
잘 버티고

잘
살아낸 거다

철

철이 든다는 건

세상에
물이 드는 걸 거야

잎새에 철이 들면

물들어
단풍 되듯…

가을

궂은 비 내려도

가을 하늘은
높고 높다

풀벌레 울어도

가을밤은
깊고 깊다

단풍놀이

웃기 바쁜
청춘 남녀

걷기 바쁜
노인 남녀

세월

단풍길을
걷고 있네

꽃길인 줄
알았는데…

하늘

하늘을
향해서

동그라미
그렸더니

하늘이
구멍 났네

바다

하늘 바다엔

별의별 꿈들이
속삭이며 살고

땅 바다엔

별의별 꽃들이
꿈을 먹고 살지요

감

찬바람이
몸에 밴

검버섯 홍시를
입 속에 물었다

한겨울이
들어왔다

눈

하얀색
하늘 꽃잎

꽃바람
업어 탔네

겨울 산

하늘이
넓어졌네

설산

화장(Make up)을
하였구나!

풀(Full)로…

겨울 맛

차가운
바람이

턱밑으로
쫄깃하다

겨울비

쓸쓸히 젖는
너의 미소는

앙상한
가지 뒤쪽에

감추어
두려무나!

겨울 산

동쪽으로
해를 따라

저 멀리
드러낸

산등성이
실루엣

여명

기다리는

아침
마음

별

드문드문
몇 점 별

빈 하늘
채웠네

별꽃

구름 사이
빈틈으로

길을 내어
들어오니

이 한밤
꽃이더라

밤 구름

달빛에
비추어진

부끄러운
구름 속 살!

겨울 산

입으면
겉보기요

벗으면
속보기로다

초기화(reset)

어제 일은

밤중에
지워진 거야

아침부터
다시 시작!

곰배령

여름엔
풀꽃

겨울엔
눈꽃

■ 서평

한 줄의 위로와 재치가 있는 공감

- 최기창 시집 『가족한줄 계절한줄』

최봉희(계간 글벗 편집주간, 시인, 평론가)

인간은 심히 연약하고 작은 존재다. 모든 일에 부족하다. 누구나 실수투성이의 삶을 살아가고 있다. 그래도 끝내 자신을 어떻게든 완성하려고 노력한다. 이것이 인간의 아픔이자 기쁨이 아닌가 한다.

부족한 인간이 완성을 향해 나아가는 과정, 그것은 아름답고 소중하다. 인생을 살아가는 아름다운 행진인 것이다.

최기창 시인은 충남 천안 태생이다. 글벗문학회 회원으로 활동하고 있다. 현재 강원도 원주에 거주하면서 상지대학교 재활상담학 교수로 재직하고 있다.

최기창 시인의 삶은 참으로 존경스럽고 아름답다. 무엇보

다도 본인의 자녀를 양육하기 위해 특수교육학을 연구했고 몸소 행동으로 실천한다. 이와 더불어 경영학에 이르기까지 공부하면서 올곧은 한 줄 쓰기 인생을 실천하고 있다. 더불어 특수교육학 분야와 관련한 문학박사 학위를 취득함은 물론, 삶의 경영을 위한 경영학 박사학위까지 취득했다.

그는 날마다 하루도 빠짐없이 한 줄 쓰기의 삶을 실천하고 있다. 그것은 그의 삶을 행복하게 만드는 세상과의 소통의 행위이다. 더불어 장애인이 아들에게 전하는 행복의 메시지이기도 하다. 그의 저서 『돌담한줄1,2,』, 『인생한줄 웃음한줄』은 물론, 『사랑한줄 마음한줄』을 읽을 때마다 깨닫는 것은 사랑은 끊임없이 배움으로 새로워져야 한다는 것이다.

특별히 최기창 시인의 한 줄 배움은 더욱 특별하다. 자신이 사랑이 있는지 없는지를 알 수 있는 가장 좋은 방법은 인생에서 '끝이 없는 배움의 길을 위해 노력하고 있느냐'를 확인하는 것뿐이다.

사랑은 결코 제자리에 머물지 않는다. 가만히 있으면 어떤 불같은 사랑일지라도 금방 꺼져버리고 만다. 한마디로 끝이 없는 배움의 길이 바로 사랑의 길인 셈이다.

글을 쓸 때마다 한 사람을 생각한다. 글을 쓸 때도 그렇고 일을 할 때도 그렇다. 오직 한 사람을 위해 내 마음과 숨결을 모두 내어놓는 것이다. 단 한 사람의 밝아지는 얼굴, 발전하는 모습을 상상하면 나도 모르게 저절로 기쁨과 보람이 넘쳐난다.

최기창 시인에게도 그 한 사람이 있다. 바로 자폐인 아들이다. 그가 아들과 함께 국내의 여러 명산을 함께 오른다. 그때마다 힘차게 외치는 구호가 하나 있다. 어느덧 100번을 넘어섰다.

잡은 손엔 사랑이 / 잡힌 손엔 믿음이

그 울림이 우리 가슴에도 메아리쳐 온다. 이웃의 손을 잡은 손엔 사랑이 넘치고 사랑하는 이에게 잡힌 손은 믿음이 가득하지 않을까?

매년 4월 2일 세계 자폐인의 날이다. 일백 번을 넘게 자폐인 사랑을 실천하여 한라산 백록담을 비롯하여 여러 명산에 올랐다. 남다르고 특별한 사람들의 날에 자녀 사랑은 물론, 장애인 사랑을 담은 한 줄 시다.

그의 한 줄 시의 바탕에는 공감(sympathy)이 흐른다. 그리고 재치가 넘쳐난다. 더불어 깨달음을 동반한다. 공감은 상대방의 입장이 되어서 느끼는 것을 말한다. 글자 그대로 공감(共感)' 은 '함께 느낀다.' 는 의미다.

프로이드(Freud. 1905)는 공감을 '상대방의 정신적인 상태를 고려하고 나를 그 속에 넣어서 나의 것과 비교함으로써 이해하려고 노력하는 것'이라 정의한다. 한마디로 공감은 상대의 마음과 처지를 공유하는 것이다.

최기창 시인은 기회가 있을 때마다 '시처럼 살기는 어렵지만 시를 생각하며 사는 건 행복' 이라고 말한다. 이에 최기창 시인은 공감을 위해 상대방의 이야기를 주의 깊게 듣고 살핀다. 더불어 나름대로 비교와 대조 기법을 활용하여 자신만의 독특한 재치를 구현한다. 그 기저의 마음까지도 이해하려고 노력한다. 그리고 느낌을 제대로 표현하려고 끊임없이 배운다.

최기창 시인은 교수로 재직하면서 자신이 지닌 공감을 한 줄 시 쓰기를 활용하여 세상과 소통한다. 그리고 진정 행복한 삶을 살고자 노력한다.

적극적 공감을 위해서는 적극적인 경청이 반드시 필요하다. 시인은 세상을 향한 적극적 경청의 한 방법으로 한 줄의 시를 쓰고 있는지도 모른다. 좋은 경청은 단순히 귀로만 열심히 듣는 것을 넘어선다. 공감은 상대방의 이야기에 집중하는 외적인 표현이 동반되어야만 가능하다.

글로 잘 표현한다는 것은, 어떤 대상에 대해 생각을 잘 정리하는 것을 의미한다. 글쓰기를 하다 보면 문제의 본질을 꿰뚫게 되는 경우가 많다. 따라서 정제된 글은 무엇이 중요하고 가치 있는 일인지 알게 된다. 칼 로저스(Carl Rogers, 1951)는 공감적 이해의 치료적 효과에 주목한다. 따뜻하게 존중받고 이해받으면서 함께 길을 걸을 수 있는 사람이 있다면 이 사회는 분명 행복한 세상이 될 것이다.

또한 미국 로욜라 대학교 시카고 캠퍼스 명예교수 에간(Gerard Egan, 1986)은 공감을 세 수준으로 구분한다.

첫째는 정서적 공감(상대의 느낌을 그 사람처럼 느낌)이다. 시인은 자녀를 사랑으로 키운다. 그 사랑에는 재치가 묻어나고 공감이 형성된다.

> 사랑스러우면
> 잘- / 키우는 중…
>
> 자랑스러우면
> 다- / 키우신 중…
>
> - 시 「판별」 전문

시인이 대학교수이자 아버지로서 사랑으로 키우고 자랑으로 키우는 교육의 중요성을 역설한다. 특별히 자연스럽게 비교 대조의 적절한 기법을 활용한 표현이 공감의 설득력을 높인다.

둘째는 역할의 공감(상대의 생각과 태도 등 그 사람의 입

장에서 이해)이다. 글이란 자신 혹은 타인과의 약속이다. 누구나 은연중에 그것을 지키려고 노력한다.

> 개구리의 / 사랑 노래 //
> 꾸르릉~ / 꼬로롱~//
> 입이 열리네 / 봄이 열리네
>
> - 시 「경칩」 전문

역시 경칩에 개구리의 울음소리를 사랑의 노래로 인지하고 자연이 노래함으로 확대하고 꽃이 피는 봄이 오고 있음을 확실하게 표현한다. 이 시는 자연과 인간의 교감으로 표현한 시다. 우리에게 물아일체의 깨달음을 던져주면서 자연과 인간이 더불어 사는 존재임을 깨닫게 한다.

셋째는 의사소통으로서의 공감(상대의 느낌과 이해를 바탕으로 그와 의사소통하는 것)이다. 엄마가 울고 있는 것을 보면서 나보고 울지 말라는 엄마의 말씀이 더욱 아리게 공감되는 것이다. 그 엄마의 아픔을 자식도 공감하는 것이다.

엄마가
울고 있네

나보곤
울지 말라 하면서

엄마는
울고 있네
- 시 「울엄마」 전문

진심이 담긴 공감에는 마음의 벽을 무너뜨리는 힘이 있다. 이 시대의 구성원들에게 공감과 배려의 능력을 기반으로 하는 사회지능이 절대적으로 필요하다.

아내의
잔소리는

바가지가
아닙니다

수준 높은
생활교육입니다
- 시 「교육」 전문

서로의 마음을 헤아리는 노력이 좀 더 많아진다면 나의 성장과 성공은 물론, 사회를 점점 따뜻하게 만들어 갈 수 있지 않을까?

아무리 뜨거워도 사랑은 데이지 않는다. 사랑으로 인해 부부가 되고 부모가 되기도 하기 때문이다.

사랑에 / 넘어가
부부가 / 되고
재롱에 / 녹아서
부모가 / 되고…
- 시 「가족살이」 전문

시인이 단 한 사람을 진심으로 대하는 것은 진정 온 인류에 대한 사랑의 시작이다. 사랑은 계속성이 있다. 그래서 사랑의 첫 약속은 변하지 않는 영원을 동반한다. 사랑의 순간, 그 말은 진실이다. 변한다는 생각이 조금이라도 있다면 그것은 이미 사랑이 아니다. 사랑은 또 다른 사랑을 낳는다.

젖먹이로 어려서도
밥 먹이로 자라서도
술 먹이로 다 컸어도

너는
내 새끼…
-시 「새끼」 전문

최기창 한 줄 시의 특징은 마음의 소리다. 시를 읽으면 지혜와 공감이 작동된다. 더불어 분별력이 생긴다. 최기창 한 줄 시는 깊고 미세한 음성이다. 마음이 맑고 조용할 때 잘 들린다. 어쩌면 선한 태도의 중심은 조용함에 있는 것이 아니겠는가. 마음 깊은 곳에서 솟아나는 마음의 소리를

잘 들어야 외부의 소리도 잘 들리는 법이다. 다음의 시를 보자

오늘
저녁

삼겹살을
먹는단다

자식이
오려나 보다
- 시 「저녁」 전문

최기창 한 줄 시의 특징은 목소리를 낮추는 것이다. 하지만 독자들의 공감의 목소리가 우렁차다. 왜냐하면 위트와 재치가 넘치는 것은 물론 우리에게 깨달음을 주기 때문이다. 특별히 시인이 살아온 행복한 경험이든 아픈 경험이든 자기만의 독특한 이야기를 독자에게 들려준다. 한 줄 시의

창작이 낳은 그 울림이 메아리처럼 강하게 전해온다.

한마디로 최기창의 시는 우리에게 성장의 밑거름을 선사한다. 깨달음과 교훈의 이야기는 삶을 성숙시키는 좋은 안내서가 되고 있다.

시인이 말한 것처럼 인간이 가장 행복한 곳은 바로 '품' 이다. '웃음 한 줄', '사랑 한 줄' 에 이어서 '가족 한 줄' 로 행복이 이어지고 있다.

이제 글을 마무리하고자 한다. 짧은 한 줄 시가 남기는 큰 메시지는 독자들에게 강렬하고도 선한 영향력을 끼친다. 최기창 한 줄 시가 독자들의 품속에서 부디 행복한 세상이 펼쳐지길 소망한다.

다시 한번 최기창 교수의 시집 『가족한줄 계절한줄』의 출간을 진심으로 축하한다. 그의 한 줄 세상이 온 누리에 펼쳐지길 간절히 응원한다.

■글벗시선 214
최교수's 한줄세상

가족한줄 계절한줄

인쇄일 2024년 5월 3일
발행일 2024년 5월 3일
지은이 최기창
펴낸이 한주희
펴낸곳 도서출판 글벗
주　소 경기도 파주시 와석순환로16, 한빛마을 905-1104
전　화 031-957-1461
팩　스 031-957-7319
출판등록 2007. 10. 29(제406-2007-100호)
ISBN 978-89-6533-283-1 04810